Ingrid Schlieske

Das Niemand-mag-mich Kind

oder

Das besondere Kind

Ingrid Schlieske

Das Niemand-mag-mich Kind

oder

Das besondere Kind

Ein Märchen für
große, kleine und erwachsene Kinder

© Unikat-Verlag Ingo F. Rittmeyer
D-04519 Kreuma Nr. 23
Telefon 034294-73110 Fax 034294-73112
und D-61276 Weilrod/Taunus
Hasselbacher Weg 1
Telefon 06083-910040 Fax 06083-910041

Die Deutsche Bibliothek – CIP-Einheitsaufnahme

Schlieske, Ingrid:
Das Niemand-mag-mich Kind : Das besondere Kind /
Ingrid Schlieske. 1. Aufl. – Weilrod/Taunus : Unikat-Verl., 1997
ISBN 3-930634-19-8

1. Auflage 1997

D-04519 Kreuma Nr. 23
Telefon 034294-73110 Fax 034294-73112
und D-61276 Weilrod/Taunus
Hasselbacher Weg 1
Telefon 06083-910040 Fax 06083-910041

Illustrationen: Siggi Roßmann
Satz: Jens Krause, Leipzig
Druck und Bindung: Druckerei Lokay, Reinheim

ISBN 3-930634-19-8

Dieses Märchen widme ich
meiner kleinen Freundin Natascha,
die beginnt festzustellen,
dass das Leben doch
nicht eine so schwere Bürde ist,
sondern, wenn man es möchte,
ein riesengroßes Fest!

Inhalt

Alle haben Freunde…

Wie jedes ordentliche Märchen beginnt auch diese Geschichte mit »Es war einmal…«
Es war also einmal ein kleines Mädchen.
Es hieß Janina und war neun Jahre alt.
Das heißt, eigentlich war sie schon fast zehn Jahre, denn in ein paar Tagen sollte sie ihren zehnten Geburtstag feiern.
Aber Janina freute sich gar nicht so recht darauf.
Sie freute sich überhaupt nur sehr selten, und in letzter Zeit war sie so richtig unzufrieden – mit sich selber sowieso, aber auch mit ihrem gesamten Umfeld – ja, mit ihrem ganzen Leben.
Sie fühlte sich missverstanden, und ständig hatte sie das Gefühl, benachteiligt zu werden.
Ihr Vater war ihrer Meinung nach viel zu streng zu ihr; immer musste bei ihm alles tipptopp ordentlich sein. Ewig diese Aufräumerei, als ob ein Kind nichts anderes zu tun hätte!
Und überhaupt – immerzu sollte sie helfen: den Tisch abräumen, die Zeitung holen, der Mutter zur Hand gehen…
Dabei wollte Vater auch noch ein freundliches Gesicht sehen.
Wenn man noch nicht einmal das Gesicht machen durfte, das man wollte!
Und Mutter…, sie schien Minou, Janinas ältere Schwester,

eh viel mehr zu mögen. Immer hieß es: Nimm dir ein Beispiel an Minou. Bei jeder Gelegenheit wurde sie Janina als leuchtendes Vorbild hingestellt.
Die setzte sich natürlich entsprechend in Szene.
Wie die so scheinheilig mit den Augen rollte und sich bei den Erwachsenen ›einschleimte‹!
Nein, das war nicht Janinas Ding, sie hasste dieses scheinheilige Getue. Sie sagte ehrlich, was sie dachte, und das war halt nicht immer lieb und freundlich und schon gar nicht das, was die anderen hören wollten.
Andere Menschen schienen Janinas Ehrlichkeit nun leider nicht sehr zu schätzen.
Sie reagierten unfreundlich und ungehalten, wenn Janina ihre Meinung sagte.
Es war einfach ungerecht, fand Janina. Wollten sie denn alle lieber belogen werden?

»Niemand mag mich!«
Dieses Gefühl hatte sich bei Janina ganz tief ins Herz gegraben.

»Niemand – meine Eltern nicht, meine Schwester nicht, meine Lehrerin nicht und die Klassenkameraden schon gar nicht.«
Es stimmte schon – Janina blieb immer allein, niemand wollte mit ihr spielen.
Alle hatten Freundinnen und Freunde, nur Janina nicht.
An der Haltestelle des Schulbusses erzählten sich die anderen Kinder ihre Erlebnisse, verabredeten sich für den Nachmittag – mit Janina sprach überhaupt niemand.

»Als ob ich die Pest hätte!« dachte Janina voll Groll. Sogar Minou tat im Kreis anderer Kinder so, als würde sie Janina nicht kennen.
Aber das Schlimmste war eigentlich nicht das Alleinsein, sondern dass die Kinder sich ewig über sie lustig machten, dass Janina von allen gehänselt wurde.
Die Jungen riefen gemeine Wörter hinter ihr her, und die Mädchen äfften Janina nach.
Manchmal sprach Janina auch ein bisschen zu schnell, und dabei verhaspelte sie sich leicht mit den Wörtern. Die Klasse brach dann in schallendes Gelächter aus.
Die anderen waren doch auch nicht perfekt, aber da wurde nicht gelästert.
Und die Lehrerin war nicht viel besser.

»Sie kann mich nicht leiden!« dachte Janina immer wieder. Würde sie ein Kind sonst so vor der Klasse blamieren, nur weil es mal die Hausaufgaben vergessen hatte?
Die Lehrerin schien auch nicht zu bemerken, dass Janina mit Papierkugeln beworfen wurde, dass man an ihren Haaren zog und dass ihr nacheinander sämtliche Utensilien aus der Schulmappe gemopst wurden.
Oder war es ihr einfach egal, weil sie Janina ebenso wenig mochte, wie es die Kinder der ganzen Klasse taten? Und diese Kinder ließen sich täglich neue Gemeinheiten einfallen, um Janina das Leben zu vermiesen.
War es da verwunderlich, wenn rabenschwarze Gedanken sich in Janinas Herz ausbreiteten? Geradeso wie ein riesengroßer schwarzer See aus Tinte?

H

Manchmal wusste Janina vor Verzweiflung nicht, ob sie traurig war oder voller Wut. Meistens entschloss sie sich, lieber wütend zu sein; das war leichter zu ertragen.
Sie begann, sich alle Schimpfwörter aufzuschreiben, die ihr einfielen, um sie später parat zu haben, wenn ihre Widersacher sie wieder verhöhnten.

»Die sollen mich kennen lernen!«

Vor dem Einschlafen malte sie sich aus, wie sie es den anderen heimzahlen würde, bis sie es nicht mehr wagten, gemein zu ihr zu sein.

Janina war so verletzt, dass sie überzeugt war, jedermann sei gegen sie.

Im Laufe der Zeit eignete sie sich eine so patzige und freche Art an, dass nun auch die Menschen, die ihr eigentlich zugetan waren, sich enttäuscht von ihr abwandten.

Janina war bald überall als ausgesprochen schwieriges Kind verrufen. Sie selbst war viel zu festgefahren und einsam, um zu verstehen, dass sie die anderen nur hasste, weil sie sich wie jedes Kind nach Liebe und Wärme sehnte. Sie schaute voller Neid auf ihre eigene Schwester und auf die anderen. Diese schienen alles zu haben, sie selbst aber gar nichts. Aus Angst vor Kälte, Hohn und Ablehnung versuchte Janina, anderen weh zu tun, bevor diese ihr weh taten.

Wer aber hat Lust, einem Kind, das ständig um sich schlägt, Freundschaft, Liebe und Zärtlichkeit zu bieten?
Manchmal, wenn die Sehnsucht nach Liebe zu groß wurde, versuchte Janina sie zu erzwingen.

Dann hängte sie sich an jeden Besucher, der kam, saß auf jedem Schoß, auf den man steigen konnte. Sie umklammerte und vereinnahmte jeden Menschen, der in ihre Nähe kam. – Aber Zuneigung kann man nun mal nicht ertrotzen, und Janina erreichte wieder nur, dass die Menschen ihr auswichen.
Die Eltern wussten nicht mehr, wie sie Janina behandeln sollten. Vor Freunden und Bekannten war ihnen das Verhalten ihres Kindes peinlich. Janina spürte das natürlich und war dann noch kratzbürstiger oder klammerte sich noch mehr an den Nächstbesten.
Nun stand Janinas Geburtstag vor der Tür. Natürlich wollten die Eltern, dass ihre kleine Tochter einen schönen Tag erlebte. Aber wie? Wen sollte man einladen? Freunde hatte das Kind ja nicht.

Auch Janina sah mit Bangen ihrem Geburtstag entgegen. Auf die liebevolle Frage der Mutter, was sie sich denn zum Geburtstag wünsche, gab sie nur die freche Antwort: »Ihr habt ja doch keine Lust, mir was zu schenken. Ihr habt ja doch keine Lust, mit mir zu feiern. Ihr habt mich ja nicht lieb!«
Die Mutter wollte Janina tröstend in die Arme nehmen, aber Janina sprang auf und rannte, wie so oft, einfach davon.
Traurig sah die Mutter ihr nach. Wieso nur hatte Janina so gar kein Vertrauen?

Die Begegnung

Janina griff im Flur nach ihrer Jacke und rannte aus dem Haus.

Sie lief die Straße entlang, hinaus aufs freie Feld.

Es war ein trüber Herbsttag, so eklig grau und kalt wie Janinas Stimmung. Wütend stieß sie mit dem Fuß an die Rinde des großen, alten Baumes, unter dem sie stehen geblieben war.

Immer und immer wieder trat sie, als wäre der Baum für all ihre Schmerzen verantwortlich.

Finster beobachtete Janina, wie die Baumrinde und kleine Holzsplitter sich von dem Baumstamm lösten.

»Geschieht dir ganz recht«, dachte Janina, »dir soll es auch nicht gut gehen.«

Plötzlich hatte sie so ein sonderbares Gefühl.

Sie drehte sich erschrocken um und sah in wenigen Metern Entfernung eine fremde Frau stehen.

Die Frau war wunderschön und lächelte Janina an, vielleicht ein bisschen spöttisch, wie Janina sofort argwöhnte.

»Was hat der Baum dir denn getan, dass du ihn so drangsalieren musst?!«

Die Frau hatte eine schöne Stimme, die zu ihrem Aussehen passte.

Janina wurde puterrot und sagte patzig: »Nichts!«

»Du denkst, dir geht es schlecht, also braucht es dem Baum auch nicht gut zu gehen?«

Janina brummelte etwas Unverständliches vor sich hin. Am liebsten wäre sie in den Boden versunken vor Scham. Oder sollte sie einfach weglaufen? Schließlich war der arme Baum ja nun wirklich nicht schuld an ihrem Unglück. Warum musste sie auch ihre Wut an ihm auslassen?
Aber irgendwie konnte Janina sich nicht von der Stelle rühren.
Sie stand, ganz gegen ihren Willen, wie angewurzelt.

»Du brauchst nicht wegzulaufen«, die Frau schien jeden Gedanken zu kennen.

»Schließlich bin ich extra gekommen, um dich zu besuchen.«

»Was, mich?«

»Ja, dich! Ich wollte dich fragen, was du dir zu deinem Geburtstag wünschst.«

Tausend Gedanken schossen Janina durch den Kopf: Was ich mir zu meinem Geburtstag wünsche? Wieso weiß die Frau denn überhaupt von meinem Geburtstag?
Die Fremde beantwortete auch diesen Gedanken:

»Ich weiß es eben. Wo ich herkomme, weiß man solche Dinge. Ich beobachte dich schon lange. Und es tut mir sehr leid für dich, dass du bisher noch nicht herausgefunden hast, was für ein besonderes Kind du bist.«

»Was, ich soll ein besonderes Kind sein? Mich kann doch keiner leiden. Mich mag niemand. Alle hänseln mich. Meine Eltern mögen mich nicht. Die mögen nur meine Schwester. Meine Lehrerin mag mich nicht. Ich habe überhaupt keine Freundin und keinen Freund.«

»*Ich soll ein besonderes Kind sein?* Sie wollen mich sicher auch nur verhöhnen, so wie jeder andere auch.«
Da lachte die Frau, sah Janina lieb an und sagte: »Du Dummerchen! Ich bin gekommen, um dich nach deinem Herzenswunsch zu fragen. Ich möchte dir ein ganz außergewöhnliches Geburtstagsgeschenk machen. Dazu allerdings muss ich dir einiges erklären: Ich bin eine *Wunschfee*, und ich lebe in einer Welt, von der die meisten Menschen keine Ahnung haben. Mein Land ist auf keinem Atlas eingezeichnet, deshalb glauben die Menschen nicht an seine Existenz. In meinem Reich gibt es viele *Wunschfeen*. Wir stehen den Menschen bei, wenn sie uns brauchen, auch

wenn sie es oft gar nicht merken. Und manchmal erscheinen wir einem Kind, wenn es in großer Not ist.

Bei unserer letzten Versammlung habe ich den anderen Feen erzählt, dass ich dich schon eine Weile begleite und dass ich dir gerne einen Wunsch erfüllen würde. Meine Schwestern waren einverstanden. Und da bin ich nun. Sag mir also, was du dir ganz tief im Herzen wünschst. Ich will sehen, ob ich etwas für dich tun kann.«
Ungläubig betrachtete Janina die Frau.
Skeptisch überlegte sie, ob die Fremde ihr einen Bären aufbinden wollte. Aber irgendwie mochte sie der Frau auch glauben, denn an ihr war etwas Sonderbares, beinahe Überirdisches. Wo mochte sie nur herkommen?
Von hier war sie bestimmt nicht, denn Janina kannte eigentlich fast alle Leute im Ort.
Und komisch – für die kühle Jahreszeit war die Frau viel zu leicht gekleidet. Sie musste doch furchtbar frieren!

»Zweifle nicht, Kind. Mach dir keine Gedanken über mich, sondern überlege einfach nur, welchen Wunsch ich dir erfüllen soll. Am besten, du denkst darüber in aller Ruhe nach, und wir treffen uns morgen wieder hier. Dann erzählst du mir, was dich wieder glücklich machen könnte.«

Dann schaute sie Janina ganz ernst an und sagte: »Nun wollen wir aber dem Baum, den du verletzt hast, helfen. Ihm tun Schläge nämlich genauso weh wie dir.«
Sie berührte die Stelle, die Janina mit dem Fuß so malträ-

tiert hatte. Janina schaute und schaute. Das konnte doch gar nicht sein – es war tatsächlich nichts mehr von der Verletzung zu sehen!

Janina schaute sich fragend um, aber da war niemand mehr, den man fragen konnte.

Fing sie jetzt auch noch an zu phantasieren?

Es war doch heller Tag!! Sie kniff sich in den Arm – au!!

Aber alles war noch so anders, ein wenig von dem zauberhaften Duft, von dem zarten Licht hüllten Janina ein. Auf einmal fand sie den Herbsttag gar nicht mehr so scheußlich. Janina beschloß, dieses Erlebnis für sich zu behalten.

Ob die Frau wohl ihr Versprechen wahr machen würde?

Und was sollte sie sich wünschen?

Janina ging mit flotten Schritten heim. Zum ersten Mal, solange sie zurückdenken konnte, fühlte sie sich wohl, fast fröhlich.

Zu Hause betrat sie gleich das Wohnzimmer, in dem die ganze Familie versammelt war.

Janina sagte gut gelaunt »Guten Abend« und setzte sich an den Tisch.

»Was gibt's denn heute zum Abendessen?«

»Nanu«, fragte die Mutter, »ist dir das Glück begegnet?«

»Vielleicht«, sagte Janina und lächelte vergnügt in sich hinein.

Auch der Vater schaute von seiner Zeitung hoch. »Janina, du kannst ja lachen!«

»Tja«, sagte Janina und schaute herausfordernd ihre Schwester an.

Die machte nur »Puhhh!« und wandte sich wieder ihrer Handarbeit zu.
In dieser Nacht konnte Janina kaum schlafen. Ihr Herz pochte vor Aufregung; wenn es nur schon morgen wäre!

Was die Leute dachten...

Endlich klingelte der Wecker.
Janina sprang aus dem Bett und erledigte das Morgenritual Waschen, Zähneputzen, Anziehen, Frühstücken – ohne dass die Mutter eine muffige Janina zur Eile antreiben musste.
Sie schnappte sich aufgeregt die Schultasche und lief den Weg zum Schulbus wie im Traum. Die Frechheiten der anderen Kinder an der Bushaltestelle nahm sie heute gar nicht wahr.
Sie war so in ihre Gedanken versunken, dass sie es sogar kaum beachtete, dass einer der Jungen ihr ein Bein stellte und sie fast gestürzt wäre.
Sie ging einfach weiter, als wäre nichts geschehen.
Während des Unterrichts musste die Lehrerin sie mehrmals ermahnen.

»Janina, träum nicht, du bist hier in der Schule. Hast du denn heute Nacht nicht geschlafen?«
Die Klasse kicherte: »Sicher hatte sie Besuch vom Mann im Mond!«
Janina sagte ausnahmsweise nichts dazu. Sie fieberte nur dem Schluss der Schulstunde entgegen.

Endlich daheim, machte sie in Windeseile und sehr flüchtig ihre Hausaufgaben. Da kam die Mutter mit einem Auftrag: »Janina, bitte lauf doch schnell mal zur Post. Ich habe keine

Briefmarken mehr, und ich will heute noch einige Briefe in den Postkasten stecken.«

»Nein, bitte Mutter, ich habe heute etwas ganz Wichtiges zu tun.«

»So, was gibt es denn so Wichtiges, von dem ich nichts weiß?!«

»Bitte, Mutter«, bettelte Janina, »ich kann heute wirklich nicht.«

Aber die Mutter hatte kein Verständnis, sie hielt die Argumente für Janinas gewohnten Trotz.

So rannte Janina also missmutig zur Post, forderte barsch ihre Briefmarken und hörte noch im Weggehen, wie die Postfrau zu einer anderen Kundin sagte: »Ein unfreundliches Kind! Die armen Eltern!«

Janina drehte sich um und schnitt der Frau am Schalter und der Kundin eine Grimasse, dann lief sie schnell weiter. Sie wusste nur zu genau, dass hier im Ort jeder so dachte:

»Die armen Eltern, geschlagen mit einem solchen Kind. Dabei ist die Schwester doch so reizend…«

»Was wissen die Erwachsenen schon von den Nöten eines Kindes. Na, sie wollte es ihnen allen schon noch heimzahlen.«

Außer Atem kam sie heim:

»Hier Mutter, deine Briefmarken. Kann ich jetzt endlich gehen?«

Missbilligend schaute die Mutter Janina an:

»Janina-Kind, wenn du nur etwas gefälliger wärst.«

Aber das hörte Janina schon gar nicht mehr.

Der Baum und die Wunschfee

Janina rannte so schnell sie konnte. Ah, da war er ja, der Baum.
Janina schämte sich nun, wenn sie daran dachte, wie sie ihre Wut an ihm ausgelassen hatte.
Rasch lief sie hin und umarmte ihn kurz. Dann sah sie sich um. Aber niemand war da!
»Also hat mich doch jemand auf den Arm genommen. Wie konnte ich nur so dumm sein. Wie konnte ich nur glauben, dass da eine *Fee* kommen will, um mir Wünsche zu erfüllen. Na ja, nun bin ich schon mal hier, da kann ich auch noch ein kleines bisschen bleiben und nachdenken.«
Janina setzte sich ins Gras und lehnte ihren Kopf an den Baum. Sie streichelte ihn und sagte: »Lieber Baum, ich hoffe, du hast mir meine Gemeinheit von gestern verziehen. Eigentlich habe ich ja nicht dich treffen wollen. Vielleicht bin ich einfach zu feige, den Leuten zu sagen, wie ich sie finde. Ich bin jedenfalls froh, dass du wieder heil bist.«
Janina stutzte: »Ja, aber du bist ja wirklich heil. Und ich hatte dich gestern doch arg verletzt! Es war also doch jemand da, mit dem ich gesprochen habe und der solche Wunder machen kann. Aber – es war keine *Fee*. Oder doch? Schließlich kann ein ganz gewöhnlicher Mensch doch einen verletzten Baum nicht heilen.«
Da hörte Janina hinter sich die ersehnte Stimme: »Mach dir

nicht so viele Gedanken, Kind. Es gibt nun mal Dinge zwischen Himmel und Erde, die sich mit dem menschlichen Verstand nicht erklären lassen.«

Janina fühlte, wie eine warme Welle ihren ganzen Körper durchfloß:

»Sie ist da. Es gibt sie wirklich«, jubelte sie innerlich, »und ich, ich darf ihr begegnen. Das muss doch etwas zu bedeuten haben.«

»Natürlich hat das etwas zu bedeuten«, sagte die *Wunschfee* wieder, als ob Janina die Worte laut gesprochen hätte. Und Janina akzeptierte, was so viele Erwachsene nicht wahr haben wollten: dass es Dinge, wunderschöne Dinge gab, die man nicht erklären konnte.

»Nun«, fragte die *Fee*, »was hast du dir ausgedacht? Was ist dein innigster Wunsch?«

Janina, die ja nun eine ganze Nacht und einen halben Tag Zeit gehabt hatte zu überlegen, was denn nun ihr allergrößter Wunsch sei, holte ganz tief Luft und sagte: »Ich hätte gern eine Waffe!«

»Eine Waffe«, fragte die *Wunschfee* erstaunt, »willst du einen Krieg führen?«

»Ja, eine Waffe«, sagte Janina atemlos.

»Ich hätte gern eine Waffe, mit der ich stärker bin als alle Leute, die mich ärgern. Ich hätte gern eine Wunderwaffe, damit die anderen nicht mehr so gemein zu mir sind.«

»Hast du dir auch wirklich genau überlegt, ob dies das Wichtigste für dich ist?«

»Ja, liebe *Fee*, dies ist mein allergrößter Wunsch. Ich will nie mehr Angst haben müssen.«

»Na ja«, sagte die *Fee*, »so einfach ist das nicht. Für Waffen bin ich eigentlich nicht zuständig. Ich bin dafür da, um es den Menschen etwas leichter zu machen. Um ihr Leben zu verschönern. Um Frieden in die Welt zu bringen. Und eine Waffe bedeutet Krieg. Ist es das, was du willst?«

»Nein, aber ich würde mich so gern verteidigen. Ich hätte es so gern, dass die Menschen mich mögen. Aber wenn das eben nicht sein kann, will ich wenigstens nicht immer die Verliererin sein.«

»Nun gut«, sagte die *Fee* nachdenklich.

»Ich will mir etwas überlegen. Morgen, an deinem Geburtstag, kommst du wieder um diese Zeit hierher, und ich werde dich mit deiner Waffe versehen. Es ist allerdings wichtig, dass du keinem Menschen von unserem Gespräch erzählst. Niemand darf etwas erfahren, sonst kann die Waffe, die ich dir morgen schenken werde, sofort ihre Wirkung verlieren. Willst du mir das versprechen?«

»Ganz bestimmt«, nickte Janina eifrig.

Sie verabschiedete sich von der *Fee* und sprang fröhlich nach Hause.

Die Verwandlung am Geburtstag

Wieder erntete sie daheim erstaunte Blicke, weil statt des üblichen motzigen und mürrischen Ausdrucks ein Lächeln auf ihrem Gesicht lag.

Diesmal schlief Janina traumlos und selig.

Sie wachte morgens gut gelaunt auf, ging ohne Angst in die Schule und war dort aufmerksam und freundlich wie noch nie zuvor.

Die Lehrerin schaute ganz erstaunt, und niemand schien heute Lust zu verspüren, Janina zu ärgern.

Lag es daran, dass die Schwester den Klassenkameraden zugeflüstert hatte, dass heute Janinas Geburtstag war?
Wie auch immer.
Janina wollte sich darüber keine Gedanken machen.
Sie fieberte nur dem Wiedersehen mit ihrer *Wunschfee* entgegen. Denn das war nun sonnenklar: Ab morgen würde ein neues Leben beginnen.

Als Janina nach Hause kam, stand auf dem Tisch eine wunderschöne Geburtstagstorte mit einer Marzipan-Zehn darauf, und darunter war mit schwungvoller Schokoladenschrift geschrieben: ***Janina***.

Janina warf nur einen Blick darauf und sagte lustlos, als sie den enttäuschten Blick der Mutter sah: »Schön.«

»Ja freust du dich denn nicht?« fragte die Mutter.

»Nnn – doch, aber heute Nachmittag kommen doch bloß Onkel Erich und Tante Ruth und der blöde Cousin. Na ja, und Oma Frieda wird ja wohl auch da sein. Aber keine Freundin, keiner, auf den ich mich freuen könnte. Mich mag eben niemand. Als Minou Geburtstag hatte, war das ganze Haus voller Kinder.«

Janina schluchzte plötzlich herzzerreißend, sie fühlte sich sehr einsam.

»Aber meine Kleine«, sagte die Mutter, »du musst halt nicht alle Menschen immer so vor den Kopf stoßen. Wenn du ein kleines bisschen freundlicher wärst, würden die anderen genauso auf dich zukommen.«

Aber Janina zog nur grimmig ihre Augenbrauen zusammen und schrie:

»Ich soll immer schuld sein! An allem bin immer ich schuld.«

Sie rannte aus dem Zimmer und warf die Tür hinter sich zu.

Die Mutter sah ihr traurig hinterher. Sie wusste einfach nicht, wie sie Janinas Panzer aus Trotz und Ablehnung durchbrechen sollte.

Janina hatte sich lustlos umgezogen und ließ dann zur Kaffeezeit die Gratulation der Verwandten über sich ergehen.

Auch die liebevollen Geschenke der Familie zauberten kei-

ne Freude in ihre Augen. Dabei hatte Minou ihr ein ganz besonderes Briefpapier geschenkt; jeden einzelnen Bogen hatte sie selbst bemalt. Und der Vater hatte ein Puppenhaus gezimmert mit richtigen kleinen Möbeln und Küchengerätschaften; ganz genau so, wie Janina sich das ganz heimlich immer gewünscht hatte. Der selbst gestrickte Pullover von Mutter war wunderschön, sicher – aber Janina glaubte, alle würden ihr nur Geschenke machen, weil sie sich dazu verpflichtet fühlten.
Aber die anderen sollten bloß nicht merken, dass sie traurig war; Janina versteckte sich wie üblich hinter einer desinteressierten borstigen Miene.

»Sag mal, kannst du dich denn gar nicht freuen?« fragte die Mutter enttäuscht.
Die traurige Stimme der Mutter tat Janina doch leid; sie wollte gerade auf sie zugehen, als sie hörte, wie die Tante leise zu ihrem Mann sagte: »Es ist wirklich nicht leicht, dieses Kind gern zu haben. Sie gibt sich alle Mühe, undankbar und ruppig zu sein.«
Sicher war dies nicht für Janinas Ohren bestimmt, aber sie hatte es eben doch gehört. All ihr Misstrauen war damit wieder einmal bestätigt.

»Ich kann euch sowieso auch nicht leiden. Und ich brauche euch alle gar nicht. Mein wichtigstes Geschenk kommt eh nicht von euch. Das ist von jemandem, der mich wenigstens versteht!«
Damit sprang sie vom Tisch auf, raste aus dem Wohnzimmer in die Diele, zog sich hastig die Jacke über und

rannte zum Haus hinaus. »Janina…«, rief die Mutter.

»Lass sie!« sagte der Vater.

»Sie muss erst mit sich selber ins Reine kommen.«

Die Wunderwaffe

Janina war mit ihren Gedanken schon längst nicht mehr bei ihrer Familie. Auf die Idee, dass sie allen sehr weh getan hatte, kam sie gar nicht.

Sie dachte nur an ihre Wunderwaffe, mit der sie stark sein könnte und unabhängig von der Zuneigung anderer Menschen werden würde.

Tief in Gedanken versunken wäre sie fast in die falsche Richtung gelaufen. Voller Erwartungen rannte sie das letzte Stück zu ihrem Baum.

Ihre *Wunschfee* war noch nicht da. Doch Janina *wusste*, dass die *Fee* sie nicht im Stich lassen würde. Sie würde ganz sicher kommen.

Janina lehnte sich an ihren Baum und träumte vor sich hin. Sie schmiegte sich ganz eng an den Stamm und hatte das Gefühl, als würde seine Kraft auf sie übergehen.

Ganz darauf konzentriert merkte sie gar nicht, wie die Zeit verging. Als sie die Augen wieder aufmachte, sah sie in das lachende Gesicht der *Wunschfee.*

»Herzlichen Glückwunsch zum Geburtstag«, begrüßte die *Fee* sie.

Janina nickte und fieberte ihrem Geschenk entgegen.

Wo aber hatte die *Wunschfee* ihre Wunderwaffe?

Janina versuchte, hinter den Rücken der Wunschfee zu spähen – nichts!

Hatte die *Fee* vielleicht irgendwo eine Tasche abgestellt?

Weit und breit war keine zu sehen.
Hatte die *Wunschfee* womöglich gar nichts mitgebracht? Die Enttäuschung in Janinas Gesicht war wohl kaum zu übersehen.

»Ich habe dich schon nicht vergessen«, lachte die *Fee.*

»Wie versprochen habe ich dir eine Waffe mitgebracht. Allerdings kann man diese Waffe nicht sehen – nur fühlen. Ich pflanze sie dir heute in dein Herz, und du kannst sie benutzen, wann immer du willst, in jeder Situation, wenn du das Gefühl hast, die Menschen sind nicht freundlich zu dir.« »Wie denn«, staunte Janina, »kann ich sie denn einfach herausnehmen und damit zuschlagen?«

»Nicht ganz. Zum Zuschlagen ist diese Waffe nicht geeignet. Sie wirkt eher wie ein Sonnenstrahl.«

Janina schaute wieder äußerst skeptisch.

Wollte die *Wunschfee* am Ende doch nicht ihr Versprechen halten?

»Wie soll mir denn dieser Strahl helfen? – Der imponiert doch keinem!«

»Und ob! Er *ändert* die Meinung der Leute über dich.«

»Ich hatte gedacht, dass ich eine Waffe bekäme, mit der ich alle, die gemein zu mir sind und mich auslachen, bestrafen könnte.«

»Ja, weißt du, Janina, du musst dir jetzt einmal überlegen, was du letztendlich erreichen möchtest. Wenn du deine Feinde für ihr Verhalten bestrafst, dann *bleiben* sie doch immer deine Feinde. Sie werden dich immer ärgern, und du musst sie wieder bestrafen und wieder und immer wieder. Die Menschen werden dich bald noch mehr hassen und sich weiter an dir rächen wollen.
Ich habe mit den anderen *Wunschfeen* lange darüber gesprochen, wie dir wirklich zu helfen ist. Wir haben dir also eine Waffe gebastelt, die in allen Menschen, die dir begegnen, Sympathie und Freundschaft wecken wird. Dein Wunsch ist es doch nicht, weiter von lauter Feinden umgeben zu sein, sondern Freunde zu gewinnen, oder?«

»Ja schon«, motzte Janina, »aber das ist ja doch nicht zu schaffen. Mich kann niemand leiden.«

»Wenn du meine Wunderwaffe richtig einsetzt, schon.«

»Na gut, ich kann es ja mal probieren. Gibst du mir jetzt meine Waffe?«

»So einfach ist das nicht«, erklärte die *Wunschfee.*

»Du bekommst heute deine Waffe, aber ich werde dir in den nächsten Wochen erst beibringen müssen, wie du die Wunderwaffe richtig benutzt. Ich werde bei dir bleiben, damit du nicht vergisst, dass dir niemals wieder jemand etwas anhaben kann, wenn du deine Waffe einsetzt. Ich bin neben dir, bis sie dir ganz vertraut ist.«

»Aber was werden die Leute denn denken, wenn neben mir immer jemand herrennt?«

»Aber Janina, die Leute sehen mich doch nicht. Ich bin doch *deine Wunschfee.* Nur du kannst mich wahrnehmen. Nur du kannst meine Stimme hören.«

»Dann«, fragte Janina nun ganz schüchtern, »glaubst du wirklich, dass ich ein besonderes Kind bin?«

»Ja«, sagte die *Wunschfee* ganz ernst, *»du bist ein ganz besonderes Kind.* Während der nächsten Wochen, in denen ich dir Gesellschaft leiste, wird dir das schon klar werden. Und den anderen auch. Sie hatten bislang nur keine Gelegenheit, dies festzustellen. Wir werden es ihnen nun gemeinsam zeigen. Und deine neue Waffe wird uns dabei helfen. Das, was ich dir jetzt in dein Herz pflanze, macht eigentlich nur das lebendig, was Gott dir bereits mit auf

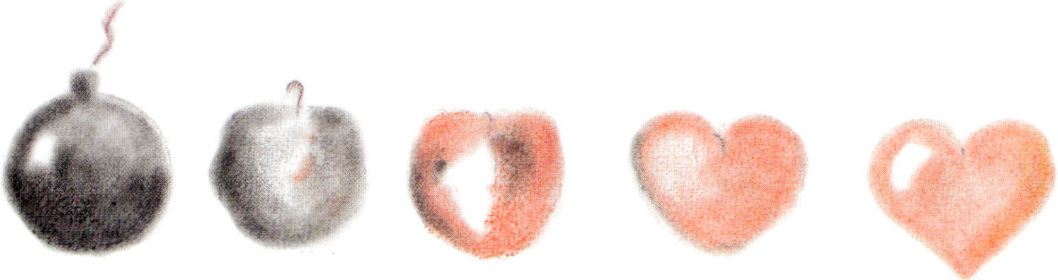

den Weg gegeben hat. Weißt du, bisher kennt einfach keiner – nicht einmal du selbst – all die wunderbaren Eigenschaften, die du in dir hast. Kaum jemand in deiner Umgebung kennt die Seiten, die dich so liebenswert machen. Du hast Charme, du hast Humor, du hast ein ganz bezauberndes Lächeln mit den zwei Grübchen in den Wangen, das jedes Herz zum Schmelzen bringt. Auch bist du witzig und schlagfertig und hast eine wache Intelligenz. Und du hast viel Phantasie und den Mut, dich für deine Träume einzusetzen. Und wer Phantasie besitzt, der kann sich auch in andere Menschen hineinversetzen, kann sie verstehen und lieb haben, auch wenn sie gänzlich anders sind als er selbst.

All diese Eigenschaften sind an sich schon eine Waffe. Du hast nur noch nicht gelernt, sie anzuwenden, weil du gar nicht wusstest, dass du sie besitzt. Nun aber, mit dem Ergänzungsstück versehen, wirst du dich selbst, genauso wie die anderen Menschen, ganz neu kennen lernen. Dieses Ergänzungsstück, das ich dir nun in dein Herz pflanzen werde, heißt *Liebe.*«

»Warte ab«, sagte die *Wunschfee,* als sie in Janinas enttäuschte Augen sah. »Diese Waffe wirkt so sicher wie keine andere Waffe auf der Welt. Du wirst schon sehen! Bei allem, was dich traurig macht oder wütend, wirst du dem-

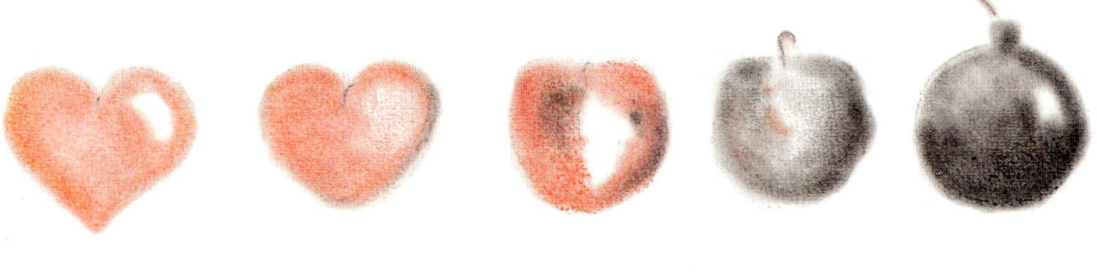

nächst die Waffe Liebe einsetzen. Du wirst auf die Menschen, mit denen du nicht klarkommst, den Strahl deiner Wunderwaffe richten, und glaub' mir, du wirst immer gewinnen.«

»*Liebe*«, sagte Janina skeptisch.

»Die werden mich alle auslachen! *Liebe*...!«

»Janina, du musst mir jetzt einfach vertrauen. Was hast du zu verlieren?
Versprich mir, dass du vier Wochen lang meine Waffe ausprobierst; ich helfe dir dabei. Ich meinerseits verspreche dir, wenn du nach dieser Zeit immer noch unzufrieden mit meinem Geschenk bist, dann hast du einen Wunsch offen, den ich dir auf jeden Fall ganz genau nach deinen Vorstellungen erfüllen werde.«

»Na gut«, entgegnete Janina halbherzig, »versuchen wir es! Zu verlieren habe ich ja tatsächlich nichts. Schlechter als es mir jetzt geht, kann es ja nicht kommen.«

»Also, fangen wir sofort an«, lachte die *Wunschfee.*

»Ich begleite dich zu deiner Geburtstagsfeier, und wir absolvieren gleich die erste Übungsstunde.«

»Oooch – bei den doofen Verwandten. Und zu meiner Schwester möchte ich eigentlich auch nicht nett sein.«

»Nun komm, nicht kneifen«, sagte die *Wunschfee*, »schließlich ist heute dein Geburtstag, und wenn du es willst, wird er auch der schönste Tag deines bisherigen Lebens.«

Die Wunderwaffe im Einsatz

Janina war doch sehr froh, dass die *Fee* bei ihr war, als sie nach Hause kam.
Der Vater kam ihnen schon entgegen. Er schimpfte gleich los: »Was ist das für eine Art, einfach von seinem eigenen Geburtstagsfest davonzulaufen und so lange fortzubleiben. Was sollen die Gäste denn denken. Du kannst die Menschen, die sich deinetwegen so viel Mühe gemacht haben, doch nicht so vor den Kopf stoßen.«
Janina wollte gleich beleidigt zurückschimpfen.
Aber die *Wunschfee* sagte nur leise: »Setze deine Waffe ein!«
Janina begriff es selbst nicht ganz, aber sie schaute ihren Vater tatsächlich freundlich an. »Vater, entschuldige bitte, du hast ja recht. Ich war mal wieder ekelig. Ich musste mich draußen einfach etwas austoben. Aber nun habe ich ganz bestimmt gute Laune; du wirst sehen – ihr habt heute keinen Grund mehr, auf mich böse zu sein.«
Der Vater schaute seine Tochter ganz verblüfft an. Er hatte eigentlich fest damit gerechnet, dass es jetzt wieder zu einer unerfreulichen Auseinandersetzung kommen würde.

»Schon gut, schon gut«, brummte er, »nun geh aber rein, die anderen warten schon auf dich.«
Als Janina ins Wohnzimmer kam, saß die ganze Familie am Tisch zusammen und schwatzte und lachte. Kaum bemerkten sie das Geburtstagskind, verstummten alle.
Man konnte förmlich spüren, was sie dachten: »Oje, jetzt

ist Schluss mit der guten Laune, sie wird sie uns wieder gründlich verderben.«

»Na, Janina«, sagte die Mutter versöhnlich, »brauchtest du etwas frische Luft?«

Janina lag die patzige Antwort schon auf den Lippen, doch die *Fee* sagte nur: »Waffe!«

Und Janina biss sich auf die Zunge, verschluckte die giftigen Worte und hörte sich sagen:

»Ja, Mutter, aber jetzt bin ich wieder okay. Tut mir leid, ich wollte euch nicht die Stimmung vermiesen.«

Die Mutter war genauso erstaunt wie vorher der Vater. Alle saßen sie mit offenem Mund da.

Die *Fee* blinzelte Janina verschmitzt zu. Janina musste lachen, was die anderen noch mehr aus der Fassung brachte.

Dann sagte die *Wunschfee* ernst:

»So, jetzt musst du dich aber bei jedem für deine Geschenke bedanken. Denn jeder hat sich Mühe gegeben und wollte dir eine Freude machen.«

Janina schaute sich hastig um: »Hatten die anderen nichts gehört?«

Aber offensichtlich konnte tatsächlich nur sie selbst die Wunschfee wahrnehmen; die Tischgesellschaft war schon wieder mit Lachen und Erzählen beschäftigt.

Janina trat etwas widerwillig an ihren Gabentisch und schaute sich unter den liebevoll strengen Augen der *Wunschfee* noch einmal alles an.

Urplötzlich wurde ihr klar, mit wie viel Liebe jedes Geschenk ausgesucht oder angefertigt worden war.

Sie blätterte das Briefpapier durch, das ihre Schwester für sie gemacht hatte. Wie viele Nachmittage musste die Schwester für sie geopfert haben.

»Siehst du«, sagte die *Wunschfee,* »das tut sie doch nicht, weil sie dich nicht leiden kann. Geh also hin und bedanke dich bei deiner Schwester.«

Zögernd folgte Janina dieser Aufforderung.

Sie ging hin zu ihrer Schwester, gab ihr einen Kuss auf die Wange und sagte:

»Du, so ein Briefpapier habe ich mir schon lange gewünscht. Das hast du wunderschön gemacht.«

Janinas Schwester fiel die Kuchengabel aus der Hand; sie wurde ganz rot vor Überraschung und sagte: »Ich habe lauter Motive gewählt, von denen ich weiß, dass sie dir etwas bedeuten. Hast du gesehen, dass ich meistens Blumen oder Tiere genommen habe?«

»Ja«, sagte Janina, »dass du das gewusst hast…«

Sie spürte zum ersten Mal, dass zwischen ihr und ihrer Schwester eine tiefe Verbindung bestand.

Nun fiel es ihr gar nicht mehr schwer, auch den anderen zu sagen, wie sehr sie sich über ihre Geschenke freute. Und deren herzliche Reaktion war ein völlig überraschendes Geschenk für Janina.

Sie setzte sich nun mit an die Kaffeetafel und nahm sich ein dickes Stück von dem herrlichen Geburtstagskuchen. So gut hatte ihr der noch nie geschmeckt.

Glücklich schaute die Mutter ihre mit vollen Backen kauende Tochter an.

»Was ist nur passiert«, dachte die Mutter, »sie wirkt ja auf einmal richtig fröhlich.«

Die ganze Geburtstagsgesellschaft sollte heute nicht aus dem Staunen herauskommen.

Ganz gleich, was man Janina sagte, sie reagierte freundlich und lachte.

Minou war ganz glücklich, dass ihr Briefpapier Janina so gut gefiel und lächelte der Schwester immer wieder zu.

Die Stimmung wurde richtig ausgelassen, die *Wunschfee* saß die ganze Zeit über unsichtbar dabei und stupste Janina nur ab und zu mahnend an, wollte sie wieder in ihre alte Rolle verfallen.

Janina aber dachte die ganze Zeit: »Es ist nur ein Zufall, dass alle so nett zu mir sind. Vielleicht nehmen sie nur Rücksicht, weil ich Geburtstag habe. Morgen ist bestimmt alles wieder beim Alten.«
Als sie dann abends müde ins Bett sank, saß die *Wunschfee* noch ein wenig auf ihrem Bettrand und sang ihr ein Schlaflied; ganz früher, erinnerte sich Janina, hatte die Mutter das auch getan. Komisch, dass sie das ganz vergessen hatte...

Neue Erfahrungen auf dem Schulweg

Am nächsten Morgen, nachdem sie sich für die Schule fertig gemacht hatte, saß Janina mit fröhlichem Gesicht am Frühstückstisch.

Die *Wunschfee* saß nämlich bereits wieder neben ihr.
Janina wollte sich gerade anschicken, zum Bus zu laufen, wie immer natürlich allein. Minou hatte bislang größten Wert darauf gelegt, mindestens zwanzig Meter entfernt von ihr zu gehen.
Heute aber sagte die Schwester: »Warte, ich komme gleich mit.«
Janina wollte antworten: »Wieso denn, du willst doch sonst nicht mit mir gehen.«
Aber die *Wunschfee* bremste sie noch rechtzeitig. Ohne innere Überzeugung lächelte Janina ihrer Schwester zu.
Unterwegs plauderte Minou, als wären sie die besten Freundinnen. Sie erzählte von der Schule und über kleine, unwichtige Dinge, über die aber noch nie zwischen ihnen gesprochen worden war. Und Janina antwortete freundlich und vergnügt – ganz ohne Aufforderung ihrer *Wunschfee.*
An der Bushaltestelle standen sie dann wieder alle herum – Janinas Quälgeister.

»O Gott, da ist ja die blöde Janina. Hatte die nicht gestern Geburtstag? Eine Fete hatte die sicher nicht. Wer will schon zu der gehen.«
Die *Wunschfee* sagte nichts, sie sah Janina nur an. Janina schluckte zweimal:

»Ja, ich weiß«, sagte sie.

»Schade, ich hätte mich sehr gefreut, wenn ihr zu meinem Geburtstag gekommen wärt.«
Verblüfft schaute ihr schlimmster Erzfeind, ein blonder Junge aus der Nachbarschaft, sie an: »Was war denn mit der

los? Reagierte die sonst nicht ganz und gar hysterisch? So machte das Ärgern ja gar keinen Spaß.«
Er hörte sich zu seinem eigenen Erstaunen sagen: »Na ja, vielleicht kommen wir ja im nächsten Jahr…«
Janina konnte es kaum glauben, die üblichen Frotzeleien ihrer Mitschüler glitten an diesem Vormittag völlig an ihr ab.
Zum ersten Mal dachte sie: »Es scheint doch was dran zu sein an meiner sogenannten *Wunderwaffe.*«

Die Wunderwaffe in der Schule

Als Janina in der Pause einsam an ihrem Brot nagte, fasste sie sich ein Herz, ermutigt von den Erlebnissen des Morgens, und ging zu der Gruppe, zu der sie immer schon so gerne gehört hätte.
Sie fragte lächelnd: »Habt ihr was dagegen, wenn ich mich zu euch geselle. Ich fühl' mich nämlich ziemlich allein.«
Das Ergebnis war überwältigend: Die anderen schauten zwar erstaunt, sogar fast ein wenig erschrocken, aber sie öffneten ihren Kreis und keiner machte sich über sie lustig.

»Bravo«, die *Wunschfee* lächelte Janina erfreut zu, »du wendest deine Waffe ja schon an, ohne dass ich dich daran erinnern muss.«
Diesmal strahlte Janina ihre *Fee* glücklich an.

In der nächsten Stunde bekamen sie ihre Klassenarbeiten zurück. Die Lehrerin gab Janina das Heft mit ernstem Gesicht und sagte: »Janina, du hast wieder eine Fünf geschrieben. Kannst du dir nicht ein bisschen mehr Mühe geben?«
Die *Fee* berührte sicherheitshalber leicht Janinas Arm, die am liebsten trotzig reagiert hätte. Stattdessen sagte sie zerknirscht:

»Ich weiß, ich hab's einfach nicht kapiert und mich nicht getraut nachzufragen.«
Die Lehrerin sagte nun ganz verständnisvoll: »Dann komm doch in der nächsten Pause zu mir ins Lehrerzimmer, und wir sprechen darüber.«
Janina wurde immer stiller und nachdenklicher: So einfach sollte das sein? Normalerweise hätte sie eine freche Antwort gegeben, und die Lehrerin hätte sie vor der ganzen Klasse zusammengestaucht. Alle hätten schadenfroh gelacht, und Janina wäre wieder beleidigt gewesen und hätte das Gefühl gehabt: »niemand mag mich.« Und nun kam für Janina ganz überraschend Verständnis von der sogenannten »Feind-Seite«. War das alles wirklich so einfach? Sollte es wirklich nur an ihr liegen, ob die Menschen sie mochten?«
Sie schaute die *Wunschfee* Hilfe suchend an.
Diese nickte lächelnd: »Ja, Janina. Es liegt fast immer an uns selber, ob wir Freunde gewinnen oder einsam bleiben.«
Und Janina nahm sich ganz ernsthaft vor:

»Ich will nicht mehr einsam sein!«

Janina im Glück

Sie ließ nun keine Gelegenheit mehr aus, ihre Waffe einzusetzen. Und bald schauten die anderen auch nicht mehr überrascht und erstaunt. Sie mochten die neue Janina. Selbst ihre eingeschworenen Feinde in der Klasse fassten Vertrauen zu Janinas Freundlichkeit, ihrem Lachen und ihrer neuen Kameradschaftlichkeit. Und ganz allmählich glaubte Janina, dass die anderen sie tatsächlich mochten. Sie begann ganz zaghaft, sich auf den nächsten Tag zu freuen. Als sie das erste Mal ihrer Mutter einen zärtlichen Kuss gab, mussten sie beide ein bisschen weinen vor Glück. Und auch die *Fee* hatte glänzende Augen. Sie musste ihren Schützling jetzt kaum noch an den Gebrauch der Geheimwaffe erinnern.

Janina wusste nun, dass sie genauso liebenswert war wie andere Menschen auch.

Wenn die Mutter sie manchmal anschaute, dann spürte Janina, dass sie am liebsten gefragt hätte:

»Was ist bloß geschehen? Wieso hast du dich so sehr verändert?«

Janina aber lächelte nur wissend und dachte:

»Meine Waffe ist eine Geheimwaffe.«

Ein Geschenk fürs Leben

Am Ende der vier Wochen sprach die *Wunschfee* sie auf den nahenden Abschied an.
Sie verabredeten sich zu einem letzten Treffen unter Janinas Baum.
Beide waren pünktlich zur Stelle.

»Na«, sagte die *Wunschfee*, »hast du es dir gut überlegt – bist du mit deinem Geschenk zufrieden, oder soll ich dir einen anderen Wunsch erfüllen?«
Spontan umarmte Janina ihre *Wunschfee*. »Dies waren die schönsten vier Wochen meines ganzen Lebens. Ich habe keinen anderen Wunsch mehr. Alle meine Wünsche konnte ich mir schon mit deiner Hilfe erfüllen. Ich wünsche mir jetzt nur noch, dass ich auf meine Wunderwaffe nie mehr verzichten muss.«
Die *Wunschfee* lächelte amüsiert:

»Ich weiß. Aber diese Geheimwaffe hat im Grunde jeder Mensch in seinem Herzen. Nur leider wissen die meisten sie oft nicht recht zu gebrauchen. Dabei wäre das Leben so einfach, wenn sich jeder ihrer bedienen würde. Du aber hast nun gelernt, dass Liebe Zauberkräfte verleiht.«

»Hat denn aber wirklich *jeder* Mensch Liebe in sich?«

»Ja, Janina. Nur ist sie bei manchen Menschen tief vergraben unter Ängsten und Enttäuschungen. Du aber kannst jetzt deinen Mitmenschen helfen, ihre eigene Wunderwaffe zu entdecken. Jedes Mal, wenn du deine Waffe

auf sie richtest, werden sie sich ein kleines, winzigkleines Stückchen ihrer eigenen Waffe in ihrem Herzen bewusst. Und wenn sie beobachten, wie du deine Waffe gebrauchst, werden sie im Laufe der Zeit den Mut finden, ihre eigene Waffe für sich einzusetzen. Jeder, der mit echter Liebe in Berührung kommt, steckt sich ein bisschen an, ob er will oder nicht. Leider brauchen manche Menschen sehr, sehr viel Liebe, bevor sie sich trauen, von ihrer eigenen Waffe Gebrauch zu machen. Also hab Geduld, Janina, und denke an dein eigenes Misstrauen, wenn die Waffe nicht bei jedem Menschen sofort wirkt.
So, ich verabschiede mich jetzt von dir, denn ich habe dich alles gelehrt, was du wissen musst.«

»Was«, fragte Janina mit zentnerschwerem Herzen, »ich sehe dich nie wieder?«

»Du brauchst mich nicht mehr«, sagte die *Wunschfee* ernst.

»Du kommst jetzt ganz alleine zurecht. Alles, was du brauchst, ist in dir. Wenn du einmal unsicher sein solltest, dann höre ganz tief in dich hinein. Du wirst die richtige Antwort finden, ganz bestimmt.«

»Aber vielleicht muss mich ja mal wieder jemand erinnern?«

»Jetzt, da du weißt, wie schön das Leben sein kann mit ein bisschen Freundlichkeit und Wärme, wirst du dich ganz alleine erinnern. Und wenn du meinst, du musst mal wieder ein wenig Kraft auftanken und wenn du meine Nähe ganz dringend brauchst, dann gehe einfach unter unseren

Baum. Du wirst spüren, dass meine Liebe dich auch weiterhin begleitet.«

Janina wollte auf die *Wunschfee* zugehen und sie umarmen, – doch ihre Arme griffen ins Leere.
Die *Fee* war nicht mehr da.
Nur dieser wunderschöne Duft, dieser überirdische Duft, der so gar nicht zu einem trüben Herbsttag passen wollte, der schwebte noch in der Luft – so, als wolle er Janina trösten.
Traurig trödelte Janina nach Hause.
Traurig, aber nicht mehr verzweifelt, nicht mehr einsam und schon gar nicht mehr voll Misstrauen.
Sie wusste jetzt, dass man nur das wiederbekommen konnte, was man ausstrahlte. Solange sie die Liebe in sich spürte, würde sie nie mehr auf der Schattenseite des Lebens stehen.

Janina wollte an diesem Tag ganz alleine sein.
Sie ging in ihr Zimmer und hängte ein Schild an ihre Tür mit der Aufschrift ›***Bitte nicht stören***‹.
Sie wollte darüber nachdenken, wie es weitergehen würde.
Sie wollte etwas aus ihrer Zukunft machen, das stand fest.
Schließlich war sie ein besonderes Kind, die Fee hatte es gesagt und Janina wusste es nun auch.
Sie freute sich auf die Menschen, denen sie noch begegnen würde. Denn auch das hatte sie von der Fee gelernt:
Jeder Mensch war ein ganz besonderer Mensch, wenn er liebte und geliebt wurde.